# 目次

本書は書き下ろしです。

描き下ろしコミック
漫画 モクモクれん

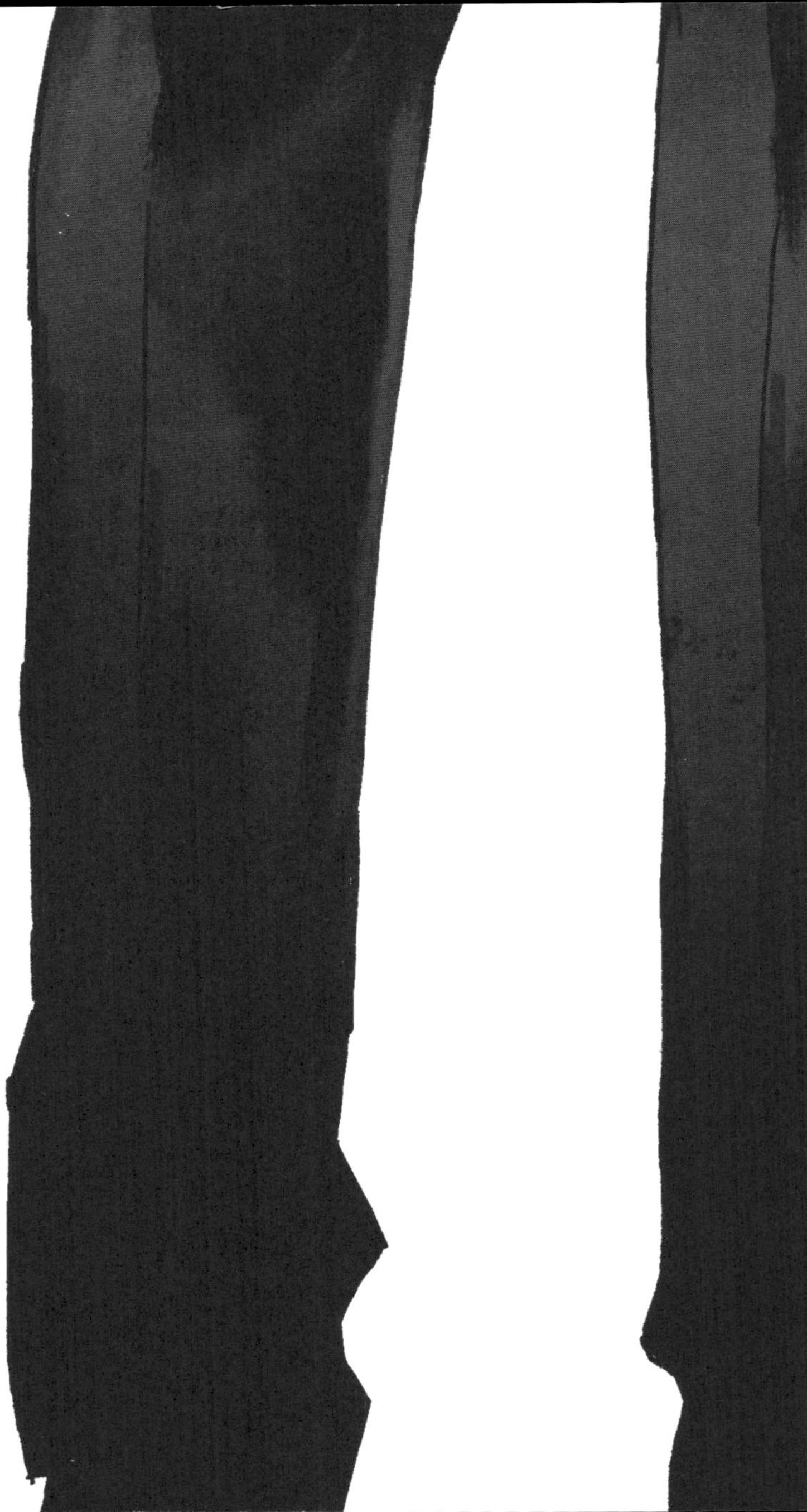

カチャン
カチャ
なあ〜 この問題の 答えなに
ピンポーン
カチャ
ペら
なあ
お前さあ 課題の意味 ないやろ
ちょっとは 自分で考えろや
いらっしゃいませー
カチャン
カチャ
厳《きび》しッ
おれまだ生まれて 半年やで？
頼むって

…だとしてもこんくらい自分で考えろって
…おれはお前のお願いなんでも聞いてやるのにな
お願い…
お前のお願いならなんだって聞いたるから…
その…「お願い」って何なん

なんでも聞いたるよ
マジ
ははランプの魔人か…最強やん
例えばさ…俺がこの町も村も全部滅ぼしてって言ったらどーするん
ぺら…
ん〜…ええよ

えっ…
あっ
この問題
こういうことか!?
おお〜〜〜〜〜〜〜
すげえ
合っとる!!
勉強
おもしれ〜〜〜〜
……

…？
なんで俺学校に…
なんで誰も居《お》らんねん
おーい

ぷはッ
なんや その顔 うぜー
うははは(笑)
なんなん ほんまに
なあ… なんで学校 誰も居《お》らんの？
え？
なんでって

おまえが
そうして
ほしいって
言ったから
えっ
褒めて
くれへん
の？

はっ
むく
よかった…
夢やった

書き下ろし小説

# 「秋の栞《しおり》」

小説　額賀澪

これはいよいよ、認めなければならないみたいだ。

玄関にぽつんと脱ぎ捨てられた妹のスニーカーを見下ろして、辻中佳紀《つじなかよしき》は思った。

勤労感謝の日を翌週に控えた、十一月の中頃のことだった。特別何があるわけでもない、ただの平日だった。

いつも通り、このクソみたいな山間の集落から自転車で一時間以上かけて登校し、授業を受けて、放課後にクラスメイトとミオンのゲームセンターに行って、また自転車で一時間以上かけてこのクソみたいな山間の集落に帰ってきて——そんな普通の日だったのに。

ガラガラと玄関の戸を閉めながら、佳紀は溜《た》め息《いき》をつく。

意を決して、自分に言い聞かせた。

うちの妹は、不登校だ。


「ああ、兄ちゃん、おかえりぃ」

かおるは居間に寝転がってテレビを見ていた。いや、スマホで動画を見ていた。テーブルの上には、煎餅《せんべい》の袋が開けっぱなしで置いてある。

「テレビかスマホか、どっちかにせえや」

テレビでは刑事ドラマの再放送がやっているけれど、かおるの視線はスマホの画面で再生される強風に耐えるポメラニアンの動画に向いていた。

左手首には、黄色いミサンガ。

「見て、めっちゃかわいい」

かおるがスマホを見せてくる。目をギュッと閉じた雪玉みたいなポメラニアンに、思わず「かわいいな」と呟《つぶや》いた。

「風邪、治ったんか」

「うーん、多分」

かおるはパジャマではなかった。ちゃんと着替えて、朝ごはんを食べて、そのまま一日中居間でゴロゴロしていたんだろうか。

壁にかけられたカレンダーを見た。森林組合の名前が入ったカレンダーは十一月を示している。紅葉した野山と、空を舞う赤とんぼの写真入りだった。

「もうすぐ、三小でアレあるんとちゃう、学習発表会」

「あー、来週かな」

「かおるのクラス、何やるん」

「なんやっけ。自分の町の特産物とか紹介するやつ」

「ああ……兄ちゃんのときもやったわ。どうせ椎茸《しいたけ》と白菜と米やろ」

「あと、自然がいっぱい」

「中学でもやらされんで、それ。名産品なんて一生椎茸と白菜と米しかないのにな」

――学校行かなくてええの？

喉《のど》まで出かかった佳紀の言葉を押し戻すように、ごろん、と再び寝転がったかおるが、煎餅の袋を差し出してくる。

余計なことを言ってしまいそうな予感がしたから、煎餅を一枚だけ取って、佳紀は二階に上がった。

煎餅を齧《かじ》ったら、今の心境とは真逆の、乾いた小気味いい音がした。

夏休みが明けてすぐ、かおるが小学校を一日休んだ。ちょっと遅い夏風邪だった。

熱が三十七度ちょっと出て、でも佳紀が学校から帰る頃には平熱まで下がっていた。昼はお粥《かゆ》だったらしいけど、夕飯は佳紀と同じように麻婆茄子《マーボーなす》を食べていた。

次の日だって、普通に学校へ行った。

でも、その週だったか、その次の週だったかに、かおるは再び学校を休んだ――いや、遅刻だったかもしれない。仕事が休みだった母が、車で学校まで送っていったんだったか。

そういう細かいことがわからなくなってしまうくらい、ぼんやりと、緩やかに、かおるは学校を休むようになった。

十一月の頭の連休が終わって、一日、二日登校して、それからすっかり学校に行っていない。

ちょっと欠席が続いているだけ。それだけ。またそのうち普通に登校し始める。

そう思っていたのは、いつまでだっただろう。まさか、いや、もしかして……嫌な予感は積み重なって、ついに確信になってしまう。

これは、間違いなく――。

「……不登校や」

口の中ですっかりふやけた煎餅を飲み込んで、佳紀は大きく大きく溜め息をついた。


「お母さん、今日、入浴剤入れていい？」

夕飯を食べ終えたかおるが、食器を流しに下げながら母に聞く。テレビのリモコン片手に、母は「いいよー。あんま入れすぎないでね」とチャンネルを変えた。

「えー、かおる、またバラのやつ入れるん？」

堪らず顔を顰《しか》めてしまった佳紀に、かおるは涼しい顔をしていた。

「ええやん、いい匂いやし」

「せめてヒノキにしてくれんかな」

兄の苦言を無視して、かおるはそそくさと風呂《ふろ》へ行ってしまう。

かおるの好きなバラの入浴剤の匂いが、佳紀は苦手だ。自分のまとう空気までピンク色に染まるような甘ったるい香りがする。

ガタンと浴室のドアが閉まる音をしっかりと聞き届けてから、佳紀は静かに母を見た。

「かおる、大丈夫なん？」

あまり深刻な雰囲気にならないよう、本気で心配していると受け取られないよう、味噌《みそ》汁《しる》の残りを啜《すす》りながら、なんてことないふうを装う。

「何が？」

母はテレビから視線を移さない。

でも、わかる。耳がしっかり佳紀の方に向いているのが。

「学校、ちまちま休んどるから」

「あー、そうねえ。ちまちま休んでるね」

〈ちまちま〉というのはだいぶいいように言っているが、それはきっと母もわかっているはずだ。

「ユリエちゃんが転校しちゃったから、つまんないんじゃないかな」

「ああ、かおるが一番仲良かった……」

ユリエちゃんというのは、かおるのクラスメイト……だった子だ。直接会ったことはないが、かおるが学校の話をするとき、「ユリエちゃん」という名前がしょっちゅう出てきた。

クビタチ村は子供が数人しかいないから、かおると年の近い子なんて近所にはいない。そもそも、この村には学校がない。

一番近い希望《きぼう》ケ山《がやま》の小学校までバスで通う必要があるのだが、バスの本数が少ない上に、学校の始業時間を配慮した運行スケジュールになっていない。

遅刻しないように学校に行くには、朝の六時四十五分のバスに乗る必要がある。それを逃したら、次のバスは十一時半だ。登下校が意外としんどいのは、同じ小学校に通っていた佳紀だってよく知っている。

それでも、かおるはユリエちゃんと一緒に楽しく学校生活を送っていると思っていたが、彼女は夏休みの間に県外に引っ越してしまった。

「ずっと仲良し同士だったから。そういう子がいなくなっちゃうと、クラスでの人間関係も変わるからねえ」

珍しいことではない。希望ヶ山町の人口流出は深刻だと聞くし（クビタチ村は人口が少なすぎて、流出する人間すらいないのだけれど）、それがたまたまユリエちゃん一家だっただけだ。

思い返せば、佳紀が小学生、中学生の頃だって、夏休みや冬休み、春休みを境に転校していくクラスメイトが何人かいた。

出ていく人はいても、入ってくる人はいない。クビタチはもちろん、希望ヶ山町だってそういうところなのだ。

「ミサンガ、夏休みが終わってからしょっちゅうつけとるもんな」

かおるが座っていた椅子を見つめて、思わず呟いた。

夕食を食べるかおるの左手首にも、黄色いミサンガがあった。ユリエちゃんが、引っ越しの際にプレゼントしてくれたのだという。

ユリエちゃんとお揃《そろ》いだというミサンガを、かおるはしょっちゅう腕につけている。学校に行く日も、行かない日も。

かおるが直接そう言ったことはないけれど、ユリエちゃんはいわゆる〈親友〉というやつだったのだと思う。

「だから、気が乗らないのに無理に行かなくてもいいかなって思うんだよね」

「でも、ずっと休んどるのもまずいやろ、いろいろ」

別に、小学校は出席日数が足りなくても卒業できる。できるけれど、問題はそれだけじゃない。

休めば休むほど、学校に行きづらくなるだろうし、教室の中にどんどん居場所がなくなっていくかもしれない。授業についていくのだって苦労するだろうし。

それに、こんな村で不登校だなんて、すぐに広まる。

辻中の家の下の子は、学校に行っていない、って——。

「まあ、大丈夫よ。別に家に引きこもってるわけでも、毎日くらーい顔でいるわけでもないんだから」

「確かに、そうやけど」

思い出したように母が大皿に盛られた野菜炒《いた》めに箸《はし》を伸ばす。キャベツと豚バラ肉と玉ねぎを大口で頬張って、大きく頷《うなず》いてみせる。

「ご飯も毎日ちゃんと食べてるし」

母は東京の人だから、訛《なま》ってもいないし方言もほとんど出ない。

でも、そのせいか少しだけ素っ気ないというか、突き放したような物言いに聞こえるときがある。もちろん、母がそういう人ではないと佳紀だってわかっているのだけれど。

でも、家の外でかおるの不登校を「別に〜」と話す母を、クビタチの人間がどう見ているのか。それを想像するだけで、鳩尾《みぞおち》のあたりに鈍い痛みが広がる。

東京出身の母はただでさえ、話し方に限らず存在そのものがこの村で異質なのに。

「でも……」

言いかけたら、庭に車が入ってくる音がした。クビタチの林業会社に勤める父が帰ってきたようだ。

佳紀は茶碗《ちゃわん》に残っていた白米を野菜炒めで掻《か》き込んだ。

「ごちそうさま」

その声と、かおるが脱衣所のドアを開ける音と、父が玄関を開ける音が綺麗《きれい》に重なる。

食器を流しに置かれた水桶《みずおけ》に浸して、脱衣所に向かう。ドアのところですれ違ったかおるは、案の定バラの甘ったるい香りをただよわせていた。

入浴剤の香りは、風呂を上がって数時間たっても消えなかった。

自分の髪の毛からなのか、それとも肌なのか。ふとした瞬間にふわりと立ち上るバラの香りに顔を顰めながら、佳紀は枕元にスマホを置いた。

十一時を過ぎていた。ぼんやり眺めていたアリの動画を消して、部屋を出た。

一段ごとにミシッと音の鳴る階段を下ると、台所から母の声が聞こえた。一段、また一段と佳紀が階段を下りるごとに、母の声は大きくなる。

「だから、あたしも、別にかおるが学校を休んでるのは深刻に考えてないの」

居間も廊下も真っ暗で、台所だけ明かりがついていた。わざわざ覗《のぞ》かなくても、食卓で父と母が向かい合っているのがわかる。

いや、正確には向かい合ってはいない。

父はきっと、母の話を聞きながら視線はテレビにやっているはずだ。かすかにニュース番組の音が聞こえるし、何より、両親はいつもそうなのだ。

「気が乗らないのに無理に行く必要なんてないし、引きこもってるわけじゃないし、ご飯だって毎日食べてるし」

母の言っていることはさっきと同じだった。

同じなのに、言い方が全然違う。

「だから大丈夫」ではなく、「大丈夫だと思う?」という口調。あと、父に対する「ちゃんと考えてるの?」と問い詰める口調。

「母親から見て大丈夫なら、大丈夫なんやないの」

母に同意する父の声色は、なんというか……投げやりとも少し違う。強いて言うなら、「面倒くさい」が透けて見える。

かおるのことが面倒なのではなくて、母と対話するのが、面倒くさい。

どうせこのあと口論になるとわかっていて、それにうんざりしている。

「だから、そういうことじゃなくて」

母の声が低くなる。

「ねえ、かおるのこと、ちゃんと考えてんの？」

「考えとるよ。親なんやから」

あ、今の「親なんやから」は絶対に余計だったな。

肩を落としながら、佳紀は音を立てないように注意してトイレのドアを開けた。

佳紀の予想通り、父の一言をきっかけに、母は怒り出した。「いや、だから、親ならね」という鋭い声がトイレの中にまで聞こえてくる。

「……始まった」

水を流す音ばかりは消せないが、トイレを出るとそれ以上の声量で母が何か言っていた。

父は口数が多くない。夫婦喧嘩《ふうふげんか》は決まって母がまずわんわん言って、父が一言返すの繰り返しだ。

そもそも、父は昔から空気みたいな人だった。この家で一番存在感が薄くて、声も小さくて、正直何を考えているかわからない。性格を一言で表すなら、きっと〈根暗〉なのだ。

母がかおるの不登校を深刻に捉《とら》えていないのは、きっと本心なのだろう。佳紀の前で強がりを言ったわけではないし、母自身、かおるはそのうちまた学校に行き出すだろうし、行かないなら行かないでそれでいいと思っている。

それでも、母は父と意見を交わしたいのだと思う。父にも自分と同じくらい、かおるのことを考えてほしいし、親として二人で子供のことを考えたい。

なのに父は「考えとるよ。親なんやから」としか返さないから……「考えとるよ」と言いつつ、どう考えているのかを一切話さないから、だから母は怒る。

昔からそうだ。かおるが不登校になる前から、家のことだったり、子供のことだったり、仕事のことだったり、さまざまな喧嘩《けんか》の理由はあっただろうけど、原因はいつだって一緒だ。

そして、こうなると父は決まって――。

ドン！　と鈍い音がして、廊下の空気が震えた。堪らず足を止めた佳紀は、声を上げないように溜《た》め息《いき》をついた。

直後、どすどすという低い足音が響いて、台所と廊下を繋《つな》ぐガラス戸が開いた。

ぬるりと廊下に顔を出した父と、目が合ってしまう。

「なんや、いたんか」

擦れ声で父が呟《つぶや》く。

風呂上《ふろあ》がりらしい父の目元、頬、首筋には、小さなホクロが散っている。

そんなところが、自分と父は似ている。顔は母似なのに、ホクロが多いところは父から譲り受けた。母いわく、喋《しゃべ》り方と性格も似ているとか。

自分が年を取ったら、否応なく父のような大人になるのかもしれない。

いつからそう思うようになったのかすらよく覚えていないけれど、それが猛烈に嫌だった。

「……」

佳紀は何も言わず父の横を通り過ぎ、階段を上がった。自室のドアを閉めてやっと、ひと息ついた。

クビタチはすっかり寝静まっているはずなのに、両親が今日喧嘩していたことに、近隣住民は耳ざとく気づくはずだ。

そして、何かの折に佳紀に言う。「この前もあんたんとこのお父さんとお母さんは喧嘩しとったのー」「あんな夜中に一体どうしたん」「みんな心配しとるでー」と。

それだけじゃない。

ここが俺の部屋ですと看板を出しているわけでもないのに、近所の人間はみんな二階のこの窓が佳紀の部屋だと知っている。

夜だってこうしてカーテンをしっかり閉めているのに、隙間からこぼれる明かりを見つけて「あんな遅くまで起きてて」とわざわざ言ってくる。

前髪が長すぎる。目に覇気がない。話し方がボソボソと野暮ったい。家族でもなんでもない、ただ近所に住んでいるだけの人間のことをしつこく観察して、勝手を言う。

「嫌いやわあ」

明かりを消して、カーテンを改めて隙間なく閉めて、ベッドに潜り込んだ。

そういう村が嫌いだし、喧嘩して機嫌が悪くなるとものに当たる父が嫌いだった。テーブルを叩《たた》いたり、ドアを勢いよく閉めたり……多くを語らないくせに、態度で周囲にわからせようとする父が、年々、いや、日に日に嫌になる。

自分がそんな父と話し方や性格が似ていると言われるのが許せなかった。ホクロが多いという謎の体質くらい、せめて受け継いでいなかったらよかったのに。

ぼりぼりと腹を掻いたら、またバラの匂いがした。腹か。腹から匂うのか。

「なんや、朝から他人のゲロ踏んづけたみたいな顔やなあ！」

玄関の戸を開けた瞬間、佳紀の顔を指さして忌堂光《いんどうひかる》はケラケラと笑った。光が跨《また》がった自転車のベルが、短くリリンと音を立てた。

光の色素の薄い短髪が、凜と冷たい朝の日差しに白っぽく光る。

「ゲロ、それも他人のを踏んづけるとか、最悪やな」

別に眠れなかったわけではないのに、今朝は不思議なほど寝覚めが悪かった。

玄関横に停めた自転車のスタンドを外すと、光は「行こか」とペダルを踏み込んだ。日常を通り越して空気の一部のようになってしまった、朝の光景だった。

山間部のクビタチはこの時期になると朝晩は冷え込むようになる。村を囲む丹砂山《にさやま》、松山《まつやま》、笠山《かさやま》、二笠山《ふたかさやま》から、冬の気配が忍び寄ってくるのだ。

なのに光は学ランの前ボタンを開けて自転車を漕《こ》ぐ。学ランの裾《すそ》が、朝の冷たい風に揺れた。鳥の羽みたいに、バサバサと。

そんな光の背中をぼんやり眺めながら、走り慣れた農道を進んだ。石垣に囲われた田んぼは稲刈りも終わり、冬に向けて藁《わら》が敷かれている。湿った土の匂いに混じって、藁の乾いた埃《ほこり》っぽい香りがする。

その道中で、一台の軽トラが佳紀達を追い抜いていった。窓から見えた横顔だけで、運転しているのが甚右ヱ門《じんえもん》のおじさんだとわかる。

軽トラは少し先で止まった。甚右ヱ門のおじさんが「お前ら、乗ってくかー？」と運転席から顔を出す。

「あっ、おっちゃん、ええの？」

そう聞きつつ、光はもう自転車を降りている。なんなら自転車を軽トラの荷台にのせようとしている。

「ええよ、ついでやから」

甚右ヱ門のおじさんは白菜農家で、よく辻中《つじなか》家にも白菜を持ってきてくれる。だから辻中家は白菜を買ったことがない。

希望ヶ山高校は、クビタチから自転車で一時間以上かかるのだが、ときどきこうしてクビタチの住人が軽トラの荷台に乗せてくれることがあった。甚右ヱ門のおじさんも、今日はたまたま希望ヶ山町の農機具店まで行くのだという。

空の荷台に自転車をのせ、光が「ラッキ～！　今日は楽ちんやな」とそのまま荷台に乗り込む。

「すみません、ありがとうございます」

光の分まで丁重に礼を言ってから、佳紀は荷台の縁に手をかけた。

「早う乗れ乗れ〜」

再び運転席から顔を出した甚右ヱ門のおじさんは、思い出したように佳紀の顔を覗き込んだ。

「せっかくやから、妹も乗せていったろか？」

咄嗟《とっさ》に何も言い返せず、「あ」と「え」の混じり合った奇妙な声が出てしまう。

「最近、学校行っとらんのやろ？　兄貴なんやから、一緒に連れ出したったらええのに」

農作業用の帽子を被って、薄茶色の作業着を着た甚右ヱ門のおじさんの口元は、微笑んでいた。

ただ、瞳《ひとみ》の奥にほんの少しの批難の色が見える。

学校にもちゃんと通わんで、みっともない。将来碌《ろく》なことにならんぞ。親も兄貴も何してるんや——そういう批難だ。

「そう、みたいですね」

曖昧《あいまい》な反応しかできなかった。甚右ヱ門のおじさんは何も言わずハンドルを握り、佳紀は慌てて軽トラの荷台に乗り込んだ。

妹が学校に行っとらんのに、兄貴は兄貴でぼーっとしとる。

そんな声が、聞こえた気がした。

「まーた、他人のゲロ食ったみたいな顔しとるぞ」

走り出した軽トラの荷台に揺られながら、光が佳紀の顔を見た。手はスマホを弄っているが、視線は確かに佳紀に向いている。

「いや、さっきは他人のゲロ踏んづけた顔やったやん。なんで他人のゲロ食ってん。より最悪や」

五割増しで最悪や、と続けたら、光は「そうやったっけ？」と笑った。「確かに、他人のゲロ食うのは最悪や」と腹まで抱え出す。

なのに、

「かおる、学校行ってないん？」

笑顔のまま、そんなことを聞いてくる。

「光だって知っとるやろ」

「まあ、最近、行ってる日より休んでる日の方が多そうやなーくらいには思っとったけど。おかやんも、そんなこと言っとった」

きっと、クビタチで知らない人間なんていない。クビタチはそういう村だから。

誰が病気をした、誰が何を買った、誰の子供が学校で何をした……なんだってすぐに知られてしまう。

こんな村は、恐らく日本中にたくさんある。自分のようにうんざりしている人間もたくさんいる。

なのにどうして、この息苦しさは自分にしかわからないと思えてしまうのだろう。

「朝起きられへんのやって。それに、仲良しの子が夏休み中に転校してん」

「あれよなー、結構大変やもんな、小学校行くの。朝早いし、バス逃したらおしまいやし」

軽トラの縁に頬杖《ほおづえ》をついた光が、ふと虚空に手を伸ばす。

ピンと伸ばされた人差し指の先を、トンボが掠《かす》めていった。赤とんぼ——アキアカネだった。

「おれらはケッタで行けるからええけど、朝早うバスで行くの、しんどかった記憶あるわ」

「まあ、せやな」

俺は、光と一緒やったから、よかったけど。

思わず声に出しそうになって、慌てて飲み込んだ。

なのに、

「おれは、佳紀と一緒やったから行きも帰りも楽しかったけど、かおるは一人やもんな。もちべーしょん、上がらんよなあ」

アキアカネが飛んでいった先をぼんやり見つめながら、光はそんなことを言う。

「まあ、元気ならええんとちゃうの。別に学校に行かんでも死なん死なん！」

「でもなあ」

「勉強ならおれが教えたるから問題なし」

「いや、それは大問題なんよ。お前、足の速さで人生すべてを乗り切ってきたやん」

「小学校なんて足が速けりゃ大概のことはなんとかなるやん」

「それを素知らぬ顔で高校でも押し通してるからやって」

別のアキアカネが佳紀の視界を横切った。赤く染まった胴と尾を震わせて、藁の敷かれた田んぼに向かっていく。

かおるは不登校だ。この不登校がすぐに終わるのか、ずるずると長引くのか、誰にもわからない。きっとかおるにもわからない。

両親はこのことでまた喧嘩《けんか》をするだろうし、父は何度もものに当たる。近所の人間はそれを目ざとく見ている。

甚右ヱ門のおじさんみたいに、「心配している」という言葉を免罪符に、ねちゃねちゃとした言葉を佳紀に投げつけてくる人間もいる。

道の段差に軽トラが跳ねて、折り重なった自転車がガシャンと音を立てた。佳紀と光の身体も、同時に上下する。

「まあ、元気なら、ええか」

ぽろりとそんなことを言った自分に驚いた。不思議なもので、言葉にしたら、それでいいという気がしてくる。

「ええよ、ええよ。学校に行かんでも、別に死にやせんもん」

光と同じように頬杖をついて、「せやな」と佳紀は頷《うなず》いた。

ちらりと、光を見る。

親友が転校したら、そりゃあ、つまらないよな。朝起きるのがそれまでよりずっとしんどくなって、学校へ行くモチベーションも下がるよな。

そう考えたら、仕方がないと思えた。思うことができた。

季節は秋から冬へ向かおうとしている。じきにアキアカネの姿は見えなくなり、骨まで染みるような冷たい冬の風が吹くようになる。

クビタチの冬は寒く、夏は猛烈に暑いのだ。

＊

クビタチの夏は暑い。

今日の気温は三十五度に迫ると、家を出る直前に見たテレビで気象予報士が言っていた。暑さに拍車をかけるのは、蝉の声だ。

この村の蝉はシャワシャワシャワと鳴く。

シャワシャワシャワシャワ、シャワシャワシャワシャワ。

夏の終わりまで、クビタチはこの音があふれ返る。まともに聞いていたら頭がおかしくなりそうだから、佳紀は極力聞き流すようにしている。

それでも、このシャワシャワという鳴き声は耳から侵入してきて、頭の中をシャワシャワと掻《か》き回《まわ》す。

「あっついな～！　まだ朝やぞ、朝っ」

佳紀の少し前で自転車を漕ぐヒカルが、身体に籠《こ》もった熱を吐き出すように叫んだ。怠そうにペダルを漕ぎながら、ワイシャツの襟を掴《つか》んでばさばさと煽《あお》る。

去年の夏、光もそうしていた。

暑い暑いと言いながらシャツの中に風を送る彼の姿は、あの頃のままだ。

あの頃のままなのに、こいつは光ではない。

「学校に行くまでが最高に怠いわあ～。誰か軽トラに乗せてくれんかな」

「そう都合よく誰も通らんよ」

青々とした田んぼに囲まれた農道には、軽トラどころか人の影もない。辛うじて、遠くの畑に草刈り機を振り回す老人の姿があるだけだ。

でも、佳紀の言葉を笑い飛ばすように、一台の軽トラが自分達を追い抜いていった。

運転していたのは、甚右ヱ門のおじさんだ。

「お前ら、乗ってくかー？」

軽トラは少し先で停まった。運転席から、甚右ヱ門のおじさんが顔を出す。

あの日と一緒だった。

「あっ、おっちゃん、ええの？」

アキアカネが飛んでいたあの日と同じように、ヒカルはもう自転車を降りている。なんなら自転車を軽トラの荷台にのせようとしている。

「ええよ、希望ヶ山まで行くついでやから」

「ラッキ～！　今日は楽ちんやな」

荷台に乗り込むヒカルを尻目《しりめ》に、佳紀は甚右ヱ門のおじさんに頭を下げた。

「すみません、ありがとうございます」

顔を上げた佳紀のことを、甚右ヱ門のおじさんはじっと見ていた。あの日のように農作業帽を被って、薄茶色の作業着を着て、微笑んでいる。

でも、やっぱり、目は佳紀を批難している。

「妹、まーだ不登校なんやろ？　兄貴がちゃんと叱らんといかんぞ」

ほれ、早う乗れ乗れ。

そう言って、甚右ヱ門のおじさんは顔を引っ込めた。

「あー……ふとーこーって、なんやったっけ？」

走り出した軽トラの荷台で、ヒカルが聞いてくる。立ち上がって運転席の方に身を乗り出し、前方から吹きつける風を受けて気持ちよさそうに目を細めた。

ああ、よかった。どうやら今の自分は、他人のゲロを食ったような顔はしていないらしい。

「ふとーこーやなくて、不登校や。学校に行ってないってことや」

ヒカルの隣に腰を下ろして、佳紀は答える。

「ああ、不登校な」

「知識としては知っとるんちゃうの？」

「知っとるけど、かおるって不登校なん？」

率直に聞かれて、少し困った。

「まあ……学校行かん日の方が多いし」

「ああ、そうか。確かにそうやな」

ヒカルの視線が緩やかに動く。

その視線の先には、ナツアカネがいた。

軽トラを避けるようにして田んぼの方に向かって飛んでいったナツアカネが、佳紀の視線を捕らえて放さない。

冬が終わり、春が来て、ついに夏になったが、かおるは相変わらず不登校だった。

小学校を無事卒業して中学校に上がったものの、登校したりしなかったりという日が続いている。出席より欠席の日の割合が多いから、立派な不登校なのだと思う。

「でも、かおる、佳紀のおかやんの職場によう行っとるんやろ？」

「今日も母さんと一緒やに」

母は希望ヶ山町で美容師として働いている。学校に行かない日、かおるはよく母と美容院に行き、店の手伝いをして過ごしているという。

といっても、カットされた髪を箒《ほうき》で掃くとか、その程度だろうけれど。

もちろん、左の手首に黄色いミサンガをつけて。

「なんや、楽しそうな」

「せやね。意外と楽しんどるみたい」

それでもときどき、父と母はかおるの今後について話し合ったり喧嘩したりしているし、かおるも間違いなくそのことに気づいている。

問題の一切ない家だとは思わないが、決して深刻な病を抱えた家というわけでもない。

近所の住民が、どんなふうに辻中《つじなか》家を見ていたとしても。

割り切れているわけではないが、気分が悪くないときにそうやって前向きに考えられるくらいには、かおるの不登校は穏やかな日常の一部になっていた。

ガタンと軽トラが上下に揺れる。よろめいたヒカルは、佳紀の横に腰を下ろした。

そして、

「それでええんやない？　学校に行かんでも、別に死にやせんもん」

あの日の光と、同じことを言う。

シャワシャワシャワシャワ、シャワシャワシャワシャワシャワ。

通りかかった雑木林に蝉が集団で止まっているのか、鳴き声が一際《ひときわ》大きくなる。シャワシャワに思考を掻き回される。

隣に座るヒカルの、真っ白なワイシャツを睨《にら》みつけた。木漏れ日が当たった部分が目に痛いほど眩《まぶ》しかった。

――学校に行かんでも、別に死にやせんもん。

山が紅葉に染まり、日に日に忍び寄る冬の気配の中、田んぼには藁《わら》が敷かれ、アキアカネが飛んでいた頃、光はそう言って笑っていた。笑いながら、佳紀の胸を少しだけ軽くした。

「ひかる」

彼の名を呼んだ。どちらのことを呼んだのか、自分でもわからなかった。

一月の終わり――冷たい雨の降る日に、クビタチを囲む山々の一つで行方不明になって、一人っきりで死んでしまった光のことなのか。

それとも、光の姿で佳紀の前に現れた、ヒカルのことなのか。

「なに？」

ヒカルがこちらを見る。

高校生になってもずっと子供っぽい顔のやつで、笑うと目がすーっと細くなって、八重歯が生えていて、髪の色が生まれつき明るくて、佳紀より背が低くて……。

物心ついた頃から隣にいた光なのに、どうしたって、こいつは光ではない。

でも、それでも、光なのだ。

「いや、なんでもない」

「えー、なになに？　気になるやん」

「ほんま、なんでもないよ」

ヒカルをはぐらかして、自分の心もはぐらかす。

生ぬるい風が吹いて、佳紀の伸びた前髪を持ち上げた。汗で濡《ぬ》れた額が少し冷えて、うなじのあたりを鳥肌が駆け抜けた。

俺の隣には、今、幼馴染《おさななじ》みの顔をした化け物がいる。

照りつける夏の日差しに反して、その事実に背筋が強ばる。

大きく深呼吸をした。じめっと重たい空気が胸に染み込んで、汗になってこめかみを伝った。

シャワシャワシャワシャワ、シャワシャワシャワシャワシャワ。

再び大きくなった蝉の声に、ふとささやかな疑問が降ってくる。

この夏が終わっても、ヒカルと一緒にいるのだろうか。ヒカルはあの日の光のように、指先でアキアカネを追うのだろうか。

# 原作者あとがき

最初秋の話を書きたいと聞いたときは一瞬ＯＫを出すか迷いました。というのも、夏以外のシチュエーションでは「よしきとヒカル」ではなく、「よしきと光」になってしまうので、私が何かを描き下ろす際は基本的には夏以外のシチュエーションは描かないようにしているからです。ですが、書き下ろしの原稿を読んで秋の話にＯＫだして良かったなと思いました。

よしきの家庭環境について、「問題はあるがそれを深刻には捉えていないごくごく普通の家」として書いてほしいと額賀《ぬかが》先生との打ち合わせでお伝えしたのですが、見事にそれが表現されていて流石だなと思いました。本編ではあまりフォーカスされないよしきの妹・かおるの視点を通してよしきの家庭内情が色々と知れてとても面白いと思います。それに、ヒカルと光の絶妙な違いが判るところもバッチリ切ないです。

改めて書き下ろしまでして頂いた額賀先生、本当にありがとうございました！

モクモクれん

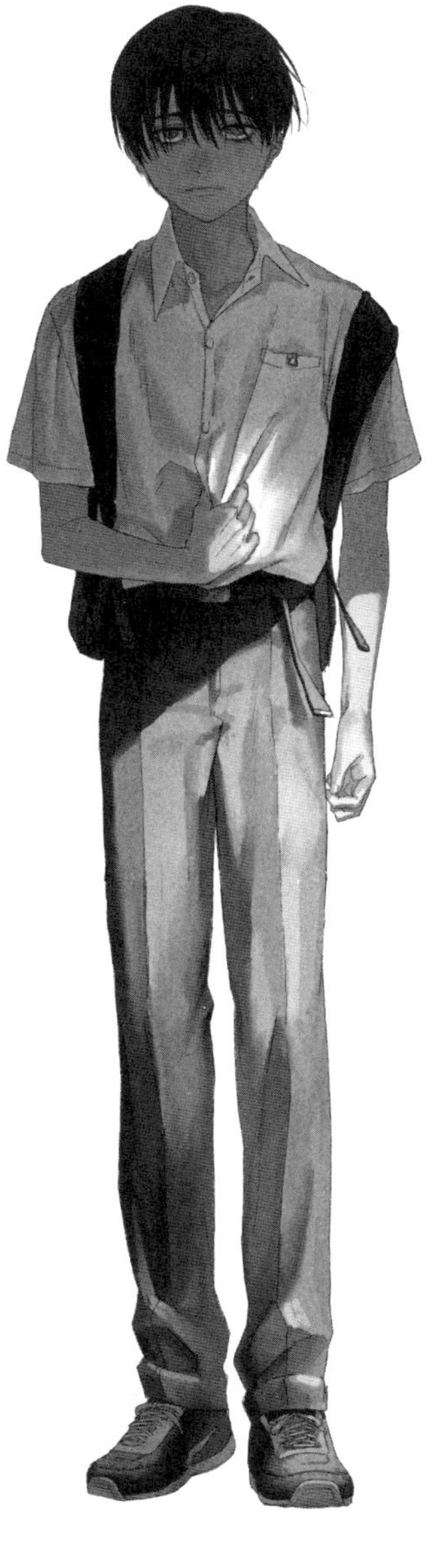

# あとがき

額賀《ぬかが》　澪《みお》

書き下ろし短編「秋の栞《しおり》」を読んでくださった読者の皆様、誠にありがとうございました。

小説版本編のあとがきでも自己紹介をしましたが、念のためもう一度しておきます。

初めての方はどうもはじめまして。ノベライズを担当した小説家の額賀澪です。読み方は「ぬかがみお」です。「ぬかが」の発音は宇多田ヒカルさんの宇多田と同じです。

「小説版の特典として書き下ろしの短編を〜」と依頼をもらい、担当編集からは「額賀さんが書いてみたい内容で自由に」と言われ、数日考えました。

本編を書いてみて、どうやら私は田中が大変好きらしいということに気づきました。自由に書いていいならば田中で一本短編を書こうかと思い立ち、しかしノベライズの一冊目でやることではないな……と踏みとどまりました。

その結果思いついたのが、今回書いた「秋の栞」です。

小説版を書く前に原作のモクモクれん先生と長時間の打ち合わせをさせていただいて、そのときに原作に書かれていない設定が多くあることを知り、そのうちの一つである「辻《つじ》中佳紀《なかよしき》の家族」について書きたいと思ったのがきっかけでした。

不登校の妹・かおるや、訛《なま》りがなく方言を話さない母、影の薄い（話し方や性格が佳紀によく似ているらしい）父。

辻中佳紀という主人公を形成する重要な要素である家族と、彼がその中でどんなふうに日々を過ごしているのか、私自身、書き下ろし短編の中で見てみたいなと思ったのです。

ただ、原作にないエピソードなだけあって、こういう状況で佳紀は本当にこういうことを思うのか？　佳紀の両親は、かおるは、こんな言動をするのか？　光とヒカルの違いをどう表現するか？　など、いろいろなハードルはあったように思います。

あと、佳紀達の話す方言には意外と苦戦させられました。

私の地元は茨城県にあります。二つの巨大な湖に挟まれた小さな町です。『光が死んだ夏』同様、家同士を苗字ではなく屋号で呼び合います。ちなみに、「秋の栞」に甚右ヱ門《じんえもん》というおじさんが登場しますが、これは私の実家の屋号から取りました。

佳紀がクビタチで抱く閉塞感《へいそくかん》や、住民同士の近すぎる距離感や家の中のことがなんでも筒抜けな感じはものすごくよくわかるのですが、方言で話す彼らを書くのは結構大変でした。

関西に住む作家仲間の話し方を参考にしたり、数週間ひたすら日常生活で佳紀や光やヒカルの話し方を真似て過ごしたり、試行錯誤しながら書きました。

書き上がった短編を読んだモクモクれん先生から「佳紀の家族の描写にも方言にも違和感がなく、光とヒカルの微妙な違いまで感じられてとてもよかったです」という感想をいただけて、ノートPCの前でガッツポーズしたのをよく覚えています。読者の皆様にも楽しんでいただけたら嬉《うれ》しいです。

しかし困ったことに、「秋の栞」を書いていたときの後遺症（?）で、日常生活でときどき謎の関西弁っぽい喋《しゃべ》りが出るようになってしまいました。この喋りを覚えているうちに、また佳紀や光やヒカルが書けたらいいですね。

光《ひかる》が死《し》んだ夏《なつ》　特装版《とくそうばん》　小冊子《しょうさつし》
2023年12月4日　初版発行

漫画・原作・イラスト／モクモクれん
小説／額《ぬか》賀《が》澪《みお》
発行者／山下直久
発行／株式会社KADOKAWA
〒102-8177
東京都千代田区富士見2-13-3
電話／0570-002-301（ナビダイヤル）
編集／カドカワBOOKS編集部
協力／ヤングエース編集部
デザイン／ arcoinc
印刷・製本／広済堂ネクスト



●お問い合わせ
https://www.kadokawa.co.jp/（「お問い合わせ」へお進みください）
※内容によっては、お答えできない場合があります。
※サポートは日本国内のみとさせていただきます。
※Japanese text only